AF343642

L'AMOUR

ET

L'INNOCENCE,

COMÉDIE LYRIQUE,

EN VERS ET EN UN ACTE.

À AMSTERDAM,

Et se trouve à PARIS,

Chez la Veuve DUCHESNE, Libraire rue Saint Jacques, au-dessous de la Fontaine Saint Benoît, au Temple du Goût.

M. DCC. LXVIII.

AVERTISSEMENT.

Annoncer que cet Ouvrage eſt l'eſſai d'un jeune homme de dix-huit ans, c'eſt avancer qu'il a beſoin d'indulgence. Y reconnaître beaucoup de négligences, ce n'eſt pas les réparer. Tout cela eſt vrai, & l'Auteur en convient.

PERSONNAGES.

VENUS.

L'AMOUR.

L'INNOCENCE.

EUPHROSINE.

ÉGLÉ.

L'AMOUR
ET
L'INNOCENCE,
COMÉDIE LYRIQUE.

SCENE PREMIERE.

VENUS, L'AMOUR, EUPHROSINE.

VENUS,

Amour, je vous amene en des lieux inconnus.
Avant que de Pallas le retour nous surprenne,
Servez votre gloire & la mienne.
Cet instant vous promet un triomphe de plus.

L'AMOUR.

Ces lieux seront bientôt soumis à ma puissance,
Et la Beauté satisfaite en ce jour ;
Quand on l'outrage, sa vengeance
Est toujours bien dans les mains de l'Amour.

VENUS.

Oui, mais sur-tout . . . .

L'AMOUR.

        Ne craignez rien :

Je vais reconnaître ce gîte ;

On dit que l'objet qui l'habite

Est plein de graces ; c'est mon bien.

L'Amour vâ du côté de la grotte de l'Innocence, &

se promene dans les bosquets.

SCENE II.

VENUS EUPHROSINE.

VENUS.

TU vois ce séjour odieux ;

C'est là que de Pallas la vaine prévoyance,

Euphrosine, loin de mes yeux,

De sa fille éleve l'enfance ;

C'est là, c'est en ce jour, qu'il faut tirer vengeance,

Et d'elle-même, & des Dieux.

EUPHROSINE.

Quel si grand intérêt en ces lieux vous amene ?

La cause de votre haine

Fut pour moi toujours un secret,

Vous le sçavez . . . . .

VENUS.

        C'est à regret ;

Je le devais à ma mémoire;
Quand je doutais de me venger,
Il importait trop à ma gloire,
Euphrosine, de le cacher.
Mais ne me fais plus ce reproche,
Je vais contenter ton desir;
L'outrage est prêt à finir,
On le confie avec plaisir,
Si-tôt que la vengeance approche.
Lorsque Pallas, esclave de l'Amour,
Eut mis l'Innocence au jour,
Cet objet, de la sagesse,
Excita les plus tendres soins;
Sur son sort, cette Déesse
Voulut consulter les destins.
Voici quelle fut leur réponse:
Minerve, rassurez-vous;
Le décret du sort vous annonce
Le présage le plus doux.
Cet Enfant sçaura l'art de plaire;
La simple vérité marchera sur ses pas:
Elle aura même des appas
Que ne possede pas la Reine de Cyhere;
Et parmi ces objets, ces êtres éternels
Qui reçoivent les vœux des timides mortels,
Auxquels le sang des Dieux, en donnant la naissance,
A donné l'immortalité,

On pourra voir souvent les traits de la beauté ;
 Presque jamais les traits de l'innocence.
Juge de mon dépit … des maux que j'ai soufferts…
Tu vois mon deshonneur, connais mon espérance ;
 De cet oracle apprens les derniers vers :
Ils renferment un sens propice à ma vengeance.
  Minerve, malgré sa science,
Essaya vainement d'en percer le détour.
Et si du Dieu des cœurs vous redoutez les charmes ;
Votre fille, Pallas désarmera l'amour ;
 Mais elle a tout à craindre de ses armes.

E U P H R O S I N E.

Cet oracle est obscur, mais si je l'ai compris,
Son sens renferme ici quelques secrettes trames ;
 L'Innocence, belle Cypris,
Doit …

V E N U S.

 Je vois le péril où j'expose mon fils ;
Mais en le désarmant elle répand des larmes,
 Mais je me venge, & mes vœux sont remplis.
  L'Amour s'avance, il soupire ;
 L'Innocence le suit de près :
  Tout pour mon bonheur conspire,
Sous cette grotte, allons voir le succès.

SCENE

SCENE III.

L'AMOUR seul, *regardant l'Innocence qui s'avance dans l'éloignement.*

AH ! la voici sans doute..... qu'elle est belle !
Quel air ingenu dans ses pas !
Ses traits, ses yeux, son embarras,
Tout charme, tout ravit chez elle.
Si je parais, je vais la faire fuir ;
Eloignons nous. (*Il se cache derriere un arbre.*)

SCENE IV.

L'AMOUR *caché,* L'INNOCENCE, EGLÉ,

L'INNOCENCE.
(*Elle essaie d'attraper un papillon.*)

EGLÉ, viens donc voir comme il vole ;
Que je voudrois bien le tenir !

L'AMOUR.

Quels doux accens ! quelle parole !

L'INNOCENCE *en attrapant le papillon.*

Je le tiens...qu'il est beau ! Je m'en vais le garder.
Cher papillon, cesse d'appréhender,
Avec moi tu n'as rien à craindre,
Ton sort sera toujours heureux,
Jamais tu n'auras à te plaindre ;

B

Mais vois-le donc, ma chere Églé,
Agiter son aîle volage ;
Que désire-t'il davantage ?

ÉGLÉ.

Il demande sa liberté.

L'INNOCENCE.

La perte en est donc bien cruelle ?

EGLÉ.

On le dit ; moi, je n'en sçais rien.

L'INNOCENCE.

Il faut que ce soit un grand bien,
puisqu'on soupire tant pour elle.
Son sort me fait verser des pleurs ;
Je me reprocherais de causer sa misere ;
Puisque ta liberté t'est chere,
Révole, papillon, jouir de ses douceurs.
Comme son aîle satisfaite
Voltige en s'éloignant.... pourtant je le regrette.
Dédommageons-nous sur les fleurs ;
Admire, Églé, ces couleurs,
J'en veux faire ma parure.

L'AMOUR.

Elle a raison, son plus bel ornement
doit être pris dans la nature ;
Mais ne manquons pas ce moment,
Il me fournit une heureuse espérance ;
Cueillons des fleurs en ce détour,

Et que Flore au moins en ce jour,
Pour embellir l'Innocence,
Se serve des mains de l'Amour.
(*L'Amour lui offre des fleurs qu'il a cueillies.*)
L'INNOCENCE.
Ah! que vois-je! Eglé, fuyons vîte.
L'AMOUR.
Arrêtez: elle m'évite.

SCENE V.

L'AMOUR *seul.*

LA vérité prend pour trône son cœur,
Et pour oracle sa bouche:
Que sa simplicité me touche!
Que ce triomphe m'est flatteur! . . .
Pourquoi l'ai-je donc ménagée?
Pourquoi n'est-elle pas à présent sous mes loix?
N'avais-je pas mes fleches, mon carquois?
Oui.... mais ma main n'était pas assurée....
De tout cela que faut-il que je pense?
Me serais-je brûlé moi-même à mon flambeau?
Dans le séjour de l'Innocence
Ah! que n'avais-je mon bandeau!
Oui, j'aime... je le sens... Oh ciel! que va t'on dire!
(*Après quelque réflexion.*)
De tels feux ne me font qu'honneur;

Le Dieu puissant qui les inspire
Est fait pour en sentir l'ardeur :
Ce n'est pas tout d'aimer, il faut encore
Etre payé d'un semblable retour ;
Il faut que l'innocence au moins sente à son tour
La flamme qu'elle fait éclore.
Trop imprudent Amour, si tu soumets ton cœur,
Si toi-même es vaincu... deviens au moins vainqueur.
Elle a bientôt pris la fuite...
J'ai lu la crainte dans ses yeux...
Elle me craignait donc... tant mieux :
Je suis sûr de la réussite ;
Voilà pour moi le plus heureux espoir :
Amour, ta victoire est prête ;
L'instant où l'on craint ton pouvoir,
Fait éclore toujours l'instant de ta conquête.
D'ailleurs elle m'a vu... oh ! bon, elle est à moi :
Sûrement elle va paroître ;
Qui m'a vu veut me connoître ;
Ses yeux en me quittant se font...mais je la voi...
Elle est si simple, elle pourroit peut être,
En me voyant encor s'enfuir :
Au pied de ce jeune hêtre
Faisons semblant de dormir ;
Elle paroîtra sans contrainte.
Elle approche... helas... quel soupir !
On ne peut être amant sans désir & sans crainte.

SCENE VI.

L'AMOUR, *couché au pied de l'arbre,*
L'INNOCENCE, EGLÉ.

EGLÉ.

JE crois que c'est d'ici que je l'ai vu sortir.

L'INNOCENCE.

Non, non il était là, te dis-je ;
Quand j'y devrais passer le jour,
Je veux le retrouver . . . que son départ m'afflige !
Si je pouvais le rattraper,
Ma joie, Eglé, serait parfaite.
J'essayrais de l'apprivoiser,
Et j'y réussirais . . . Moineau, Serain, Fauvette,
Tous nos amusemens ne me seraient plus rien,
Il ferait mon unique bien ;
L'un à l'autre attachés comme deux Tourterelles,
Nous.... ah que ce séjour avec lui serait beau !....
Mais quel est cet être nouveau ?
Je crois qu'il avoit des aîles ;

EGLÉ.

Oui.

L'INNOCENCE *avec douleur.*

Chere Eglé, c'est un oiseau.
J'ai tout perdu, je n'ai plus que mes larmes ;
Ailleurs il est allé s'amuser, voltiger ;

Peut-on être si léger ,
Quand on posséde tant de charmes.
E G L É.
Je crois que je le vois.... oui , c'est lui.... le voici.
L'INNOCENCE *étonnée.*
C'est lui?....
E G L É.
Oui c'est lui.
L'INNOCENCE.
　　　　　　C'est lui-même.
Je suis dans une crainte extrême....
Eglé , sortons vîte d'ici.
E G L E.
Vous vouliez l'attraper;
L'INNOCENCE.
　　　　　　Ma chere sœur je n'ose.
Il n'a pourtant pas l'air méchant;
Quand on paraît si bon , il en est quelque chose.
Regarde , ce n'est qu'un enfant.
E G L É.
Il dort , nous n'avons rien à craindre.
Approchons , nous pouvons le voir tranquillement.
L'INNOCENCE.
Gardons de l'éveiller sur-tout... peut-on se peindre
Au monde rien de si charmant;
S'il était fait pour causer du tourment ,
Il faudrait qu'il sçut bien feindre.

Non je ne peux pas croire... ah qu'eſt-ce que je vois!

E G L É.

Innocence, c'eſt un carquois!....

L'INNOCENCE.

A ſon côté des fléches ſuſpendues!...
Sauvons-nous nous ſommes perdues;
Il tient un arc en ſa main;
Craignons le pouvoir de ſes armes.

E G L É.

Ciel, un Enfant ſe plaît dans les allarmes!

L'INNOCENCE *en s'en allant, & regardant l'Amour.*
Son air encor dément cet inhumain.

(Elles ſe retirent dans le fond du théatre, & tournent
de tems en temps la tête du côté de l'Amour)

L'A M O U R.

Maudit carquois! quel contre-tems funeſte!
Elles s'en vont.... conſolons-nous au **reſte;**
Elles reviendront ſur leurs pas.
Continuons mon ſtratagême.

L'INNOCENCE *en retournant.*
Tiens, ma ſœur il a tant d'appas,
Que malgré ſes armes je l'aime.
Si nous pouvions.... ſes traits me font frémir!

E G L É.

Eh quoi?

L'INNOCENCE.

Si nous pouvions... non, ma ſœur, il faut fuir.

E G L É.

Si nous pouvions? enfin dites donc quelque chofe?

L'INNOCENCE.

Doucement, tandis qu'il repofe,
Si nous pouvions les lui ravir.
Ce coup fait, (je le fçais, c'eft un peu téméraire;)
N'importe, ce coup fait, nous ne craindrions rien.
Il ne pourrait plus que nous plaire.
M'entends-tu?

E G L É.

Je vous entends bien.

L'INNOCENCE.

Qu'en penfes-tu?

E G L É.

Ce coup n'eft pas facile à faire.

L'INNOCENCE.

En allant, Eglé, pas-à-pas;
En nous entendant bien enfemble, fans rien dire;
Sans nous parler même tout bas,
Il dort profondement, tu vois comme il foupire;
En avançant toutes deux à la fois,
Un ruban feul attache fon carquois,
J'ai mes cifeaux qui feraient le miracle;
Comment tient-il fon arc, il eft prêt à tomber;
Nous pourrions aifément l'ôter.
Notre frayeur eft le plus grand obftacle;
Si nous la pouvions vaincre...Eglé, tiens, je me fens

A

A préfent pleine de courage;
Un certain feu brûle mes fens...
Veux-tu commencer notre ouvrage?

E G L É.

Vous le voulez, j'y confens,
Peut-on vous réfifter; mais voyez, Innocence,
Le danger.... je tremble....

L'INNOCENCE.

        Silence.

(L'Innocence va couper le ruban qui attache le carquois
de l'Amour, pendant qu'Eglé lui prend fon arc.)
As-tu fon arc, Eglé?

E G L É.

    Oui.

L'INNOCENCE.

        Moi, j'ai pris fes traits;
N'avons-nous pas le plus heureux fuccès?
(L'innocence paraît tout-à-coup inquiéte.)

E G L É.

Qu'avez-vous?

L'INNOCENCE.

        Une autre penfée
Me tient encore autant embarraffée.

E G L É.

Quoi?

L'INNOCENCE.

Nous n'avons rien fait, il peut nous échapper;

        C

Il a, ma sœur, il a ses ailes;
Si nous pouvions le priver d'elles,
Il ne pourrait plus nous quitter.
Je veux encor tenter

EGLÉ.
Vous....

L'INNOCENCE.

Suis-moi, si tu l'oses;
Le danger céde à l'espoir;
J'ai trop de plaisir à l'avoir,
Pour n'y pas risquer quelques choses.
Les voici : courons tout cacher,
Et nous viendrons aussi-tôt le chercher.

SCENE VII.
L'AMOUR *seul.*

CECI passe le badinage;
Me laisser enlever mes traits & mon plumage!
Amour, que deviendront tes temples, tes honneurs?
Tu ne peux plus blesser de cœurs,
Ni même devenir volage.
Mais à quoi te servent tes traits?
Tes blessures les plus cruelles
Se font avec les seuls attraits;
Et pour la perte de tes aîles,
Amour, tu dois t'en consoler;

Toi volage, pour quelles Belles ?
Où trouverais-tu les modeles
De la Beauté qui vient de les voler ?
Un feul objet doit être ton vainqueur,
C'eft l'Innocence, & cet honneur fuprême,
Ce talent d'infpirer l'amour à l'amour-même,
Eft l'heureux prix de fa candeur.
Je l'apperçois qui s'avance ;
Feignons encore de dormir,
Un tel fommeil donne trop de plaifir ;
Jouiffons des douceurs d'un inftant de filence,
Pour mieux goûter celui qui va me découvrir.
(*Il fe couche au pied du même arbre.*)

SCENE VIII.

L'AMOUR *couché*, L'INNOCENCE, EGLÉ,

L'INNOCENCE.

IL dort encor . . . de ce feuillage
Faifons-lui, ma fœur, un ombrage ;
Il pourrait du foleil reffentir les chaleurs,
Je vais le parer de mes fleurs,
De mon cœur que ce foit le gage.

(*Tandis qu'Eglé va chercher quelques branches,
l'Innocence pare l'Amour de fes fleurs, tourne autour
de lui, l'examine, lui prend les mains ; dans ce moment l'Amour faifit les fiennes. Eglé qui voit l'Amour
éveillé, jette les branches & s'enfuit.*)

C ij

E G L É.

Fuyons !

L'INNOCENCE.

Fuyons !

L'AMOUR *tenant toujours l'Innocence.*

   Eh ! pourquoi me quitter ?

Que craignez-vous ?

L'INNOCENCE.

     Qu'appréhender !

Quelle douceur fur fon vifage !

L'AMOUR.

On dirait que je vous fais peur

Ai-je donc un air fi fauvage !

L'INNOCENCE.

Plus je le vois, & plus mon cœur

Prend plaifir à fon langage.

Ne me ferez-vous point de mal ?

L'AMOUR.

  Y penfez-vous ? moi, vous en faire.

L'INNOCENCE.

Vous ne paraiffez pas un méchant animal.

Je vais refter . . . fur-tout foyez fincere,

  Qu'êtes-vous ?

L'AMOUR.

    Quelle queftion !

Elle va fuir, fi je lui dis mon nom.

Ce que je fuis . . . .

L'INNOCENCE.

Pourquoi me faire attendre?

L'AMOUR *embarraſſé.*

Auparavant de vous l'apprendre,
Je veux ſçavoir ce que vous êtes, vous,

L'INNOCENCE.

Volontiers, je ſuis l'Innocence.

L'AMOUR.

Entre nous deux, je vois fort peu de différence.

L'INNOCENCE

Eh! comment nous reſſemblons-nous?

L'AMOUR.

Plus que vous ne croyez peut-être.

L'INNOCENCE.

Mon cœur en ſeroit ſatisfait.

L'AMOUR.

Ce que vous êtes en effet,
Moi je parais très-ſouvent l'être.

L'INNOCENCE.

Je ſuis fille d'une Déeſſe;

L'AMOUR.

Je ſuis auſſi le fils d'une Divinité.

L'INNOCENCE.

J'ai pour mere la Sageſſe;

L'AMOUR.

Et moi pour mere la Beauté.

L'INNOCENCE.

Qu'êtes-vous donc enfin, votre nom, votre espece?

L'AMOUR.

Usons un peu de finesse.
Je suis un immortel, j'expire très-souvent.
Je suis un Dieu de très-courte durée;
Si vous me voyez un enfant,
C'est que je nais & meurs chaque journée.

L'INNOCENCE.

Quoi vous mourez ! juste Ciel ! quel malheur !
Quoi vous mourez . . . . quelle mélancholie
va succéder à la douceur,
dont mon ame s'étoit nourrie !
Si vous pouviez un jour au moins ne pas mourir,
Ah ! ne mourez pas, je vous prie.

L'AMOUR.

Non, non, ne craignez rien; la vie
M'est trop flatteuse ici pour la finir.

L'INNOCENCE.

Votre nom ?

L'AMOUR.

Mon nom, j'en ai mille;
Je n'en ai point, pour parler bien;
Car j'en ai tant, qu'il feroit difficile
De vous en nommer un certain.

L'INNOCENCE.

Mais encor. . . .

L'AMOUR.

Mais…. les uns me donnent
Quelquefois le nom de plaisir ;
D'autres, plus délicats, me nomment…
(*Vivement.*)
Par exemple avec vous je m'appelle Désir.

L'INNOCENCE.

Desir,

L'AMOUR.

Oui.

L'INNOCENCE.

Ce nom m'enchante !
Pour vous il semble être trouvé.
Desir… souvent, je crois, vous êtes désiré !
C'est la façon la plus charmante
De vous nommer.

L'AMOUR.

Oui, je sens
Qu'avec ce nom, j'ai beaucoup d'agrémens ;
Et quelques-uns par-ci par-là le vantent ;
Mais, même en le vantant, peu de gens s'en contentent ;
Et je verrais, à ne vous point mentir,
Tous mes charmes s'évanouir,
Tous mes Favoris disparaître,
Si content de le faire naître,
Je m'en tenais au seul nom de Desir.

L'INNOCENCE.

Je penfe autrement, je vous jure;
Et le defir de vous avoir toujours
Fait à préfent, de mes jours,
La félicité la plus pure.

L'AMOUR *à part.*

Quels fentimens je viens de découvrir!

(*Haut.*)

Mais après le défir que quelque objet nous caufe,
Il nous refte encor quelque chofe,
Ce quelque chofe, on l'appelle jouir.
Ecoutez-moi : lorfqu'une rofe
Flatte vos yeux, votre main fe difpofe
Auffi-tôt à la cueillir;
Si vous n'en jouiffez, vous n'êtes pas contente;
La jouiffance eft le plaifir,
Le défir n'en eft que l'attente.

L'INNOCENCE.

Vous perfuadez aifément;
Je fens bien à préfent moi-même,
Que fi je perdais ce que j'aime,
Mon defir feroit mon tourment.
Lorfque l'on vous pofféde on eft donc bien content?

L'AMOUR.

On goûte le bonheur fuprême.
On ne rencontre mes douceurs
Que dans les bras de la nature;

Ce

Ce n'eſt qu'un cœur ſans impoſture,
Qui donne & reçoit mes faveurs :
Moi ſeul je peux le ſatisfaire ;
Le but de tous mes ſoins eſt de plaire à mon tour,
A la Beauté qui ſçait me plaire.

L'INNOCENCE.

Oh, vous n'êtes-donc pas l'Amour.

L'AMOUR.

Moi l'Amour... ah, ſoyez bien ſure du contraire.

L'INNOCENCE.

Mais en effet, plus je vous conſidere,
Et moins je vois que vous lui reſſemblez.
Ma mere en m'en parlant m'a toujours dit: tremblez !
C'eſt un tyran cruel.... & vous êtes ſi tendre !
Il eſt plein d'artifice.... & vous n'en avez pas.
Le chagrin marche ſur ſes pas,
Le plaiſir près de vous ſemble toujours ſe rendre.
Avec lui l'on ne doit attendre
Que des ſoupirs & des regrets ;
Quelquefois, il eſt vrai, près de vous je ſoupire ;
Mais par un mouvement que je ne puis décrire,
Dans ces ſoupirs je trouve des attraits.
Je ſuis moins gaie. .... & ſuis plus ſatisfaite.
Un certain feu me trouble... m'inquiéte...
Mais ce trouble eſt plein de douceur.
Oh, ce n'eſt pas ainſi que l'on ſent le malheur ;
Mon cœur le dit aſſez.

D

L'AMOUR.

Croyez-en votre cœur.

L'INNOCENCE *à part.*

Lui, l'Amour ! s'il l'était, aurais-je, sans défense,
Pu, pendant qu'il dormait, lui derober ses traits ?
Ah, quelle erreur, quand j'y pense,
L'Amour, dit-on, ne dort jamais.
Vous n'êtes point l'Amour, non, j'en suis sure, mais
Sur un sujet daignez me satisfaire.

L'AMOUR.

De ma sincerité reposez-vous sur moi.

L'INNOCENCE.

Vous aviez des aîles, pourquoi ?
Qu'en faisiez-vous ? dites-le sans mystere.
Ce point me cause quelque ennui ;
On m'a dépeint l'Amour avec un tel plumage ;
Ayant des aîles comme lui,
Comme lui, seriez-vous volage ?

L'AMOUR.

Serais-je avec vous, aujourd'hui,
Si je ne m'étais servi d'elles ?

L'INNOCENCE.

Oui, je dois leur en sçavoir gré.
Mais, cependant avant de m'avoir rencontré,
Vous voliez.

L'AMOUR.

Il est vrai, j'allais de belle en belles.

L'INNOCENCE.

Vous étiez donc volage, enfin?

L'AMOUR.

Point du tout ; on n'eſt point volage
Quand on ne s'attache à rien ;
Pour l'être, il faut quitter quelqu'un qui nousengage.
Si je voltigais, en effet,
C'étoit pour me fixer ; cet ennuyeux plumage
Etait un poids pour moi ; je cherchais quelque objet
Qui méritât que j'en fiſſe l'hommage.

L'INNOCENCE.

Ainſi que moi pourquoi n'a-t'on pas fait?
Pendant que vous dormiez il fallait vous le prendre.

L'AMOUR.

L'art qui cherchait à me ſurprendre,
Me réveillait toujours avant d'y parvenir.
Le ſort avoit donné le droit de m'obtenir,
A la nature toute nue ;
Peut-on ſe défier d'une Nymphe ingénue ?
Sa ſimplicité, ſa candeur,
Ne nous préſente que des charmes :
Elle n'a que ſes yeux pour armes,
Et l'on n'oppoſe que ſon cœur.

L'INNOCENCE.

Tout ce qu'il dit eſt charmant !
Si c'était là l'Amour, auroit-il ce langage?
Déſir, ſur votre plumage,

Vous m'avez à la fin rendu l'esprit content ;
Mais avez-vous toujours cet air si doux, si tendre ?

L'AMOUR.

Oui.

L'INNOCENCE.

Quoi, jamais vous ne changez ?

L'AMOUR.

Jamais.

L'INNOCENCE.

Je vous attendais là, je voulais vous y prendre.
Pourquoi donc avez-vous des traits ?

L'AMOUR.

Ah, ne craignez pas leur puissance ;
Soyez en pleine assurance,
Mes traits ne sont pas dangereux ;
C'est un ornement.

L'INNOCENCE.

A mes yeux

Cet ornement ne sçait point plaire ;
Avec cet air doucereux,
Tenez, cela ne va gueres :
Quittez ces fleches, ce carquois.
Au moins vous en sçavez l'usage,
Qu'en faites-vous ?

L'AMOUR.

Mon badinage ;

Je m'en amuse quelquefois.

L'INNOCENCE

Après cela , pauvre Innocence , tremble.
Que J'étais bonne ! eh bien, j'en craignais le danger.
Attendez , je vais les chercher;
Nous en badinerons enfemble.
(Elle va chercher les traits de l'Amour, qu'elle a
cachés derriere un arbre, & dit en les regardant.)
Oh je veux bien l'en croire , ils font pour fa parure.
Quels traits ! eh pourraient-ils caufer
Même la moindre égratignure !
De ces fleches, Defir , vous fçavez vous fervir,
Apprenez-moi comme vous faites.

L'AMOUR.

Volontiers: vos deux mains.

L'INNOCENCE.

Tenez les voilà prêtes;
Ah, que je vais me divertir !

L'AMOUR.

Fort bien , prenez cet arc de l'une,
Et de l'autre l'un de ces traits :
(En montrant les deux bouts de l'arc.)
Ces deux extrêmités , vous les voyez ?

L'INNOCENCE.

Après.

L'AMOUR.

Tendez la corde fur chacune;

De votre fleche appuyez-y le bout.
L'INNOCENCE *très-vivement,*
Oh c'en est assez, je vois tout ;
Et puis après cela l'on tire.

(*Elle tire l'arc.*)

L'AMOUR.

Précisement.

L'INNOCENCE.

(*L'arc tourne entre les mains de l'Innocence, & au lieu de tirer en l'air, elle se blesse elle-même.*)
Ah j'expire !...
(*Elle tombe entre les bras de l'Amour.*)

SCENE IX.

MINERVE, L'AMOUR, L'INNOCENCE, EGLÉ.

MINERVE.

AH ma fille !...

EGLÉ.

Ah ma sœur !

MINERVE.

Dans les bras de l'Amour !

EGLÉ.

Lui, l'Amour ?

MINERVE.

Oui, lui-même.

Eh depuis quand l'Amour en ce séjour ?

L'AMOUR

Cessez de vous troubler, Pallas ; depuis qu'il aime.

MINERVE.

Ouvre les yeux, ma fille, & reconnais ma voix.

L'INNOCENCE *se relevant des bras de l'Amour.*

Où suis-je, ô Ciel ! (*à Minerve*) est-ce vous que
je vois ?

Je n'ose plus lever les yeux sur vous.... ma mere....

Quel combat dans mon cœur... ou plutôt quel flambeau

De mes yeux brûle le bandeau ;

En revoyant la lumiere,

Tout pour moi naît & reparaît nouveau :

Expliquez-moi le feu qui me devore ?

MINERVE.

Ma fille, qu'as-tu fait ?

L'INNOCENCE.

Moi-même je l'ignore.

Je n'ai rien fait, & pourtant je rougis.

(*à l'Amour.*)

Vous m'avez donc trompé ?

MINERVE.

Vien, vien, tu me fléchis.

Va, tu n'es pas la seule qu'il abuse ;

Ce perfide rempli de ruse,

Qui te plaît, c'est l'Amour, n'en attends nul retour.

L'INNOCENCE.

Quoi, c'est donc lui que l'on appelle Amour !

Cet Enfant, qui de son âge,
A l'air naïf & la candeur,
Dont le regard timide & le tendre langage
N'annoncent que la douceur,
N'inspirent que la confiance;
Qui, lui-même sans défiance,
S'endort dans la sécurité,
Et lorsqu'il perd sa liberté,
N'a qu'un soupir pour sa défense;
C'est l'Amour, c'est ce Dieu si craint...
Ce Dieu de remords & de larmes...
Est-ce ainsi que vous l'aviez peint?
En voulant me cacher ses charmes,
Vous m'avez derobé ses traits;
Et mes regards trompés & satisfaits,
En l'admirant ont oublié ses armes.

SCENE DERNIERE.

LES ACTEURS PRÉCÉDENS, VENUS.

VENUS.

J'AI trop long-temps joui de ma vengeance.
(à Minerve.)
Cessez de vous en prendre à l'Amour, c'est à moi;
Venus seule a causé le mal à l'Innocence.
Du destin vous sçavez la loi;
Vous sçavez quelle jalousie,

Entre

Entre nous deux, a produit ce décret.
(en montrant l'Innocence.)
La perdre, & me venger, c'était ma feule envie.
Pour en venir à bout, que n'aurais-je pas fait.
Les derniers mots de cet oracle,
Quoiqu'obfcurs toutefois, m'ont offert ce moyen;
Je n'y trouvais qu'un feul obftacle,
Mon fils... mais me venger étoit mon premier bien.
L'oracle s'accomplit, de l'Amour défarmé
Votre fille a fenti les armes,
Et ce même Amour enflâmé
Eft obligé de céder à fes charmes.
L'Innocence a vaincu mon fils,
Mon fils a vaincu l'Innocence,
Que tous les deux confervent leur puiffance :
Uniffons-les.

L'AMOUR

Mes vœux font accomplis !

VENUS.

C'eft l'Amour qui le dit, & vous devez l'en croire.

MINERVE.

L'Amour eft-il fincere ?

VENUS.

Ah, lorfqu'il eft ardent,
Lorfqu'il aime après la victoire,
Il eft alors & fincere & conftant.

E

MINERVE.

A la beauté la plus fidéle ;
Sa naiſſance ſouvent annonce ſon cercueil ;
L'Amour prend par un coup d'œil,
L'Amour quitte par un coup d'aîle.

L'AMOUR.

Non, pour toujours je perds ma liberté,
Ne craignez rien, l'Innocence a ces aîles,
Je les lui céde, & veux me priver d'elles,
C'eſt le garant de ma fidélité.

VENUS.

Rendez-vous. Faiſons plus, que ce jour nous raſſemble.
Finiſſons un combat pour nous trop dangereux ;
L'une & l'autre l'honneur des cieux,
Nous ſommes, toutes deux, faites pour être enſemble,
Nous avons le même avantage
A nous réunir déſormais,
La Sageſſe à Venus donne de nouveaux traits,
Et ſon triomphe eſt d'être ſon ouvrage.
Avec l'Amour faites auſſi la paix,
Admettons-le chez nous, il diſſipe, il amuſe,
Il eſt bon, ce n'eſt qu'un enfant ;
Mais on le gâte, & trop ſouvent
On doit ſe reprocher le mal dont on l'accuſe.
C'eſt le plus beau préſent des Dieux,
Il fait moins de malheureux,
Et plus de bien qu'on ne penſe.

Que fans s'écarter de vos yeux,
Il foit conduit par l'Innocence,
Il fera fuivi du bonheur.

L'INNOCENCE.

Je le fens déja dans mon cœur !
Voilà, voilà ce trouble que j'ignore

MINERVE.

Regne, Fils de Venus, je te céde à mon tour;
La Sageffe elle-même embellira ta Cour.

L'AMOUR.

Regner, hélas, le puis-je encore !
Que dites-vous ? il n'eft plus en mon choix,
Quand vous paraiffez, d'être maître.
Ah, regnez plutôt toutes trois;
Que tout foit foumis à vos loix,
L'Amour fe fait gloire de l'être.

F I N.